歌《か》集《しゅう》

爪《つめ》を研《と》ぐ鷲《わし》

幻冬舎
MC

序文

人類の滅亡の予兆を思わせるロシアのウクライナへの侵攻。しかし歴史を繙《ひもと》いてみるとその事情は複雑である。

いま世界中がプーチン叩きの一色《ひといろ》に染まっている。このような見方は一面的であり、多面的な見方は否定されてしまう。

ロシアの歴史や宗教、そして大国の威信を背負うプーチンの言い分も聞いてみよう。

目次

第一部　小麦畑

第一部　小麦畑

ロシアの突然の侵攻は
ウクライナの国土を蹂躙《じゅうりん》した
はろばろと小麦の稔る畑《はたけ》は
戦火に焼きはらわれた

なかば黒焦げになった小麦の
穂を撫でていとおしむ

いくさの悲しみ表《あら》わすざわわざわわ
小麦畑《ばたけ》に風吹く

第二部　ロシアの侵攻

第二部　ロシアの侵攻

突然の侵攻に多数の人が死に
住み処《か》を奪《うば》われた
異《い》臭《しゅう》ただよう街《まち》中《なか》に立つ婦人
茫《ぼう》然《ぜん》と立ち尽くす

プーチンを捕らえて八つ裂きに
してやればいいと涙ぐむ
ウクライナの人々の愛国心に
火が付き燃えさかっている

第三部　出征兵士の戦死

ウクライナでは18歳以上の男子には
兵役の義務がある
国外への出国は禁じられ
令状により招集される

ある一人の男子に令状が届き
兵役に就《つ》くことになった
母親は「必ず帰ってきてね」と
励ましながら息子を見送った

一ヶ月後「息子さんは重傷を負って
戦死しました」と知らされた
母親のあふれる涙はとめどなく
頭を地面につけて泣きくずれた

第四部　戦争となる予言

ロシアとウクライナの戦争は的確に予言されていた

アメリカの元国務長官キッシンジャーの警告である

ウクライナを
ＮＡＴＯに加盟させてはならない
世界秩序が揺らぐ

ゼレンスキーはNATOに加盟すると
表明しているようだが
（注）ゼレンスキーとはウクライナ大統領
NATOに加盟することになれば
戦争になるであろう

第五部　アメリカとロシアの戦争

第五部　アメリカとロシアの戦争

戦争はロシアが突然ウクライナに
攻め込んで始まった
しかし、戦況はアメリカとロシアの
戦争へと変質していった

ゼレンスキーを嗾《けしか》けて
戦争を止《や》められないようにした
この戦争はアメリカの対応の
仕方によって避けられた

プーチンが要求したのは
ウクライナの「中立化」だった
アメリカが「中立化」を支持し、
プーチンを安心させるべきだった

しかし、ゼレンスキーはかたくなに
NATO加盟にこだわり続けた
ウクライナはロシアとNATOを
隔つ壁となってきた

ＮＡＴＯに加盟したらロシアは
壁を失い逃げ場がない
アメリカは新兵器を供与し
戦費を負担してきた

ウクライナの武装化は
アメリカ軍の一部となっている
プーチンは日増しに強くなる
ウクライナ軍に耐えられなかった

手遅れになる前に容赦《ようしゃ》なく
たたき潰《つぶ》そうとした
ロシア軍の突然の侵攻
その後《ご》の戦況で見えてきたもの

ロシアの軍事力は予想以上に
脆弱《ぜいじゃく》であることがはっきりした

NATOにとってロシアは
怖《おそ》れるに足りない存在となった

ロシアはとてつもなく広く
これを守りきるのに手いっぱい
ロシアにはNATOの国々を
侵略する意図も余裕もない

第六部　不思議な戦争

第六部　不思議な戦争

アメリカなどの支援を得て戦況は
ウクライナが優勢である

アメリカなどの支援がなければ
戦況はどうなるのだろうか

戦争は経済力の差によって
決まる傾向がある

ロシアはＧＤＰでは世界11位
ウクライナは54位にある

（注）２０２２年３月ＯＥＣＤが発表した報告書による

この数値からみると勝敗は
容易に予想できる
だが個々の戦闘ではロシア軍は
あっけなく敗走している

２０１４年の侵攻後、また必ず
攻めてくると予想された
ウクライナは開戦以前から
充分な準備をして待ち構えていた

18歳以上の男子には出国を
禁止する処置が取られた
徴兵し、前線に派遣する
戦時体制が取られていた

ロシアはウクライナを容易に
制圧できると思い込んでいた
成年男子を徴兵することもないし
出国禁止もない

国民に戦闘の仕方を訓練する
ことも適《かな》わなかった
ウクライナに攻め込んで
凄《すさ》まじい反撃に遭い敗走した

アメリカとNATOから武器と
戦費が供与されている
武器の支援はアメリカが7割
NATOが3割と言われる

これはウクライナが永年に
わたって払うローンとなる
戦費を賄《まかな》うための
対外債務が膨《ふく》らみ続ける

この戦争に巻き込まれて
国の生産力の1／3が失われている

第七部　アメリカのウクライナへの介入

第七部　アメリカのウクライナへの介入

アメリカはさまざまな方法でもって
他《ほか》の国の政治に関わってきた
政権の失策につけ込んで
反政府運動を支援してきた

ウクライナではNATOへの
加盟申《しん》請《せい》が支援の条件となった
反政府の雰囲気を作り上げ
選挙を通じて政権を倒してきた

２０１４年３月の選挙では
反政府の集団が暴徒化した
騒乱の中で成立した暫《ざん》定《てい》政権は
行くべき方向を示した
（注）「マイダン革命」と呼ばれる。

いま、ここで親ロシアの人たちの
生活基盤に触れておこう
「ドンバス」と呼ばれる東部は
ソ連時代から重工業地帯である

人々の所得は西部と比較して
高い水準を保《たも》ってきた
この人たちは生来《せいらい》ロシアに寄り添い
平穏に暮らしてきた

暫定政権はＮＡＴＯへの
加盟申請を明確にした

共通語はウクライナ語で統一され
ロシア語は認めないというものだった

東部の親ロシアの人たちは
ロシア国旗をかかげて抗議した
私たちが使っている話し言葉まで
奪ってしまうのか

ロシアと共に生きていくべきかどうか
住民投票が行なわれた
ロシア編入に賛成する票が
過半数を超えた

東部の各州の議会で「ロシア」への
編入が可決された
プーチンはこの結果から東部の
「ロシア」への編入を宣言した

第八部　クリミア半島

第八部　クリミア半島

革命の後、プーチンはクリミア半島の
編入に手を付けた
2014年ロシアの武装集団が侵攻し
ウクライナ軍を追い出した

もともとロシア系の人が多く
話し言葉もロシア語である
「クリミアにロシアが帰ってきた」と
人々によろこびの涙があふれた

第九部　ウクライナの宗教

第九部　ウクライナの宗教

東部にはロシア系住民が多く
話す言葉もロシア語である
ロシア正教を信仰する人たちが多く
国の保護をも受けている

ギリシャ正教、国家と宗教は
不可分に結びついている
西部はポーランド系の人たちが多く
ウクライナ語を話す

西部はカトリックを信仰する人が多く
ローマ法王《ほうおう》に服従する

第十部　永続戦争

第十部　永続戦争

ロシアの歴史のなかでは幾多の
帝国の興亡があった
負け戦《いくさ》あり、勝ち戦《いくさ》あり
ただ版図《はんと》の拡大に執心した

この歴史に培《つちか》われた風土は
一本《いっぽん》の棒のように続く
ロシアは絶え間ない西側との
戦争を強《し》いられてきた

独自《どくじ》の道を歩もうとする
ロシアを抑え込んでいたい
弱いロシアは勝てないが
負けないように戦争を続けてきた

いま、ウクライナ東部の戦線では
数万人の戦死者を出している
いくさの犠牲者の魂《たましい》を
置き去《ざ》りにして撤退できない

いくさに流されし血潮かと見る
くさむらにむらがる彼《ひ》岸《がん》花《ばな》

第十一部　エカテリーナ二世

第十一部　エカテリーナ二世

クリミアは18世紀、エカテリーナ二世
によってロシアに編入された
この女帝《じょてい》、ロシアの歴史上
もっとも尊敬されている

その生涯のすべてをロシアの
版図《はんと》を広げることに捧《ささ》げた
ロシアの領土を狙う英・仏・トルコ
連合軍との戦争があった

はじめは劣勢であったが激戦の末
連合軍を敗走させた

この戦争は民族のなつかしい
記憶として語り継がれてきた

第十二部　クリミア半島、ロシアへ移管

第十二部　クリミア半島、ロシアへ移管

フルシチョフはロシアとウクライナの友好と信頼を求めた

ロシアの領土であったクリミア半島を
ウクライナに移管した
(注)1954年に移管
その当時、ウクライナが将来独立する
ことなど考えられていなかった

ロシアは凍《こお》らない黒海を
どうしても利用しなければならない
いま黒海に面する港が
海軍の母港となっている

そして輸出品、輸入品を取り扱う
重要な港となっている

第十三部　旗艦モスクワの沈没

第十三部　旗艦モスクワの沈没

アメリカはさまざまな情報から行き交う船を監視している

ロシアの旗艦モスクワは
黒海の守備についていた
(注)約1万2千トン
モスクワの正確な位置情報を
ウクライナに提供した

ウクライナは情報をもとに
モスクワに向けミサイルを発射した
その中の2発がモスクワに命中し
船腹に穴をあけた

巨艦はしだいに船腹を傾けて
航行不能に陥《おちい》った
もはや浮上していることは適《かな》わず
海底深く沈んでいった

第十四部　ベルリンの壁の崩壊

ソ連邦は15の国で構成され
軍事同盟でもあった
ワルシャワ条約機構と呼ばれ
NATOと向き合っていた

ソ連邦の敗北の最初の証《あか》しは
ベルリンの壁《かべ》の崩壊だった
東西を分《わか》つコンクリートの壁は
ツルハシで打ち壊《こわ》された

壁の撤去により東・西ドイツは
一つの国として統一された
統一されたドイツはNATOに
加入することになった

プーチンは東ドイツに居て
国家の解体を経験した
（注）プーチンはＫＧＢの諜報員として勤務していた
そしてワルシャワ条約機構は
崩解し姿を消した

このときＮＡＴＯとロシアの間《あいだ》に
約束が交わされた
ＮＡＴＯは１インチたりとも
東へは進出しないというものだった

（注）１インチとは２・５４センチメートル

しかし、この約束は反故《ほご》にされ
じわじわと東へ進出していった
プーチンはこらえきれずに
大声をあげて批判した
（注）ミュンヘン安全保障会議における演説

このとき以来、プーチンはNATOを
宿敵とみなすようになった
プーチンの悔し涙はとどまらず
桶《おけ》いっぱいになった

幾年《いくとせ》を地中に生きこし辛さを
こらえきれずに鳴きたつ熊蟬《くまぜみ》
（注）プーチンを詠《うた》う

カマキリが鎌《かま》のような前脚《まえあし》を
上げて獲物を狙っている
（注）プーチンを詠う

第十五部　返り血をあびる

第十五部　返り血をあびる

「ロシア」への制裁は鮮烈な返り血をあびている

石油・天然ガスの輸入制限はNATO諸国の物価高を招いている

物価の高騰は政権への
批判となってはね返る
フランス・ドイツ・イタリアでは
世論調査が行なわれている

「ウクライナにこれ以上軍事支援すべきでない」が過半数を超える
国民の支持が得られない軍事支援は長くは続けられない

第十六部　ロシアの風土

一千年の長い歴史に脈々と
流れている精神がある
個々人が集団になじむことで
成り立つ精神風土である

人権の尊重、私有財産の
保護などとは別の理念である
プーチンは、ロシアの長い歴史の
記憶を背負い込んでいる

ロシアでは強大な権力による
秩序の維持が図《はか》られてきた
社会主義国家が成立したが
風土に合わずうまくいかなかった

第十七部　ギリシャ正教

第十七部　ギリシャ正教

ギリシャ正教は14世紀に
ゆるぎない宗教となった
ギリシャ正教の長《おさ》の座が
モスクワに置かれることで定《さだ》まった

正教は国家との関係が濃密《のうみつ》で
祭政一致の様相を呈《てい》する
正教の主座はキリル総主教で
プーチン政権を支える

国民に向けて戦争の正当性を説き支持を固《かた》める

第十八部　プーチン

プーチンは1952年10月生まれ
70歳である
（注）2023年8月現在
父は国の命運をかけた
ナチスドイツとの戦争に参戦した

母は信仰心の厚い正教徒で
プーチンは薫《くん》陶《とう》を受けた

（注）ギリシャ正教

正教とは歴史や伝統から
練り上げられた保守主義である

民衆から湧き上がるものではなく
教義による統制である
プーチンも正教の上からの目線の
政治手法を採《と》り入れた

ソ連解体後《ご》のロシアは
伝統の保守主義へ回帰した
革命や改革よりも伝統的
安定志向に回帰した

プーチンは大学卒業後
「ＫＧＢ」を志願し採用された
（注）「ＫＧＢ」とはソヴィエト連邦の情報機関
赴任地《ふにんち》は東ドイツで
諜報員として勤務していた

その主な任務はＮＡＴＯ対策
であったことが明らかになっている

第十九部　プーチンの政治

政権に就いてから石油価格が上昇し
莫大な利益をもたらした

国民の生活は劇的に改善し
これが「プーチン」への支持を
押し上げた

石油の暴落の時期もあったが
それでも国民の支持は高い

ロシアでは手続き的民主主義に
乏《とぼ》しく別の理念による
多数決によって決まるのではなく
強い権力の意思による

巨大政党「統一ロシア」が誕生し
プーチンを支えていくことになる
（注）2001年「統一ロシア」結成
プーチンの妥協しない専制政治に
国内は安定を保持してきた

しかし他《ほか》の国への侵攻により
世界的に信頼は地に落ちた
大国の威信を背負うプーチンは
決して負けを認めない

第二十部　農業の集団化

第二十部　農業の集団化

土《つち》に鍬《くわ》を入れたことのない
指導者たちは
ある理念に燃えていた

共《とも》に耕《たがや》し共に食卓に着《つ》く
社会主義国の実現である
達成されるかどうか定《さだ》かでないが
国の政策である

ソヴィエト連邦の指導者、
スターリンが
実施《じっし》の指揮を執った
社会主義の国を作るためには
農業の集団化が不可欠だった

ソフホーズ（国営農場）とコルホーズ

（集団農場）に組織されていった

それまで自分の土地を耕《たがや》していた

農民はそれがかなわぬことになった

農民はいずれかの一員となり
農業労働者となった
ソフホーズでは収穫された穀物は
全て国に納入された

この納入された穀物は全国民に
配給として供与された

１９６６年、
ソフホーズにもコルホーズにも
保証年金制が導入された

そして農民一人《ひとり》一人《ひとり》に年金制度が
整えられた

賃金を受け取るには作業ノルマを
果《は》たさなければならなかった

だが収穫物の多少にかかわらず
賃金を受けとることができた
労働意欲があるかどうかに
かかわらず平等に扱われた

このため労働規律はゆるみ
生産性は低下していった
ソ連邦が解体するまで
ソフホーズ・コルホーズの
経営が続けられた
(注) 1991年、ソ連邦解体

第二十一部　ゴルバチョフ

第二十一部　ゴルバチョフ

1931～2022年9月、91歳で死亡
1985年、ソ連邦共産党中央委員会書記長
1990年、ソ連邦初代大統領
ゴルバチョフはペレストロイカ（改革）を押し進めた。

ソヴィエト連邦は15の国家から成る連合体であった

ここでは共産党が強い
主導権を握り統制していた
15の各々の国でも共産党が
主導権を握っていた

15の国の中でもロシアは
ことに大きな国であり力《ちから》を持っていた

ゴルバチョフは
ソヴィエト連邦共産党の
書記長であり大統領であった

ペレストロイカ（改革）をかかげ
さまざまな政策を実行していった
国民に束《つか》の間の夢を
見せたかったのかも知れない

ゴルバチョフはブッシュ大統領（父）
との会談にこぎつけた
会談の成果に「冷戦」の終結を
世界に発信した
（注）1989年

その功績によりノーベル平和賞を
授与された
(注)1990年
しかし改革に反対する勢力が
決起しクーデタを起こした

ゴルバチョフは身柄を拘束され
しばらく軟禁された
ロシアのエリツィンはゴルバチョフを
擁護しクーデタを鎮圧した

ゴルバチョフは解放されたが力《ちから》を失い
エリツィンに権力を奪われた
エリツィンはソヴィエト連邦共産党の
活動を停止しその力《ちから》を削《そ》いだ

ゴルバチョフは改革に行き詰まり
ソ連邦の解体を宣言した
この政治的混乱は
未《み》曾《ぞ》有《う》の混乱をもたらした

年率２５００％を超える
ハイパーインフレに見舞われた
国民はその日の食べ物にも
ありつけないありさまとなった

年金制度は崩解し
福祉国家の理念は薄らいだ
ソ連邦を引き継いだロシアは
復活に10年を要した

ロシアではゴルバチョフを「災害をもたらした疫病神《やくびょうがみ》」と呼んだ
プーチンは「二〇世紀最大の地政学的惨事」と呼んだ

第二十二部　プーチンは革命家である

第二十二部　プーチンは革命家である

プーチンはアメリカ主導の世界秩序に
昂然《こうぜん》と挑んだ
そしてアメリカと並ぶ世界秩序の
創造をめざしている

プーチンは歴史上名を残してきた
革命家の一人《ひとり》である
殺されるかも知れないがそれは
革命家の宿命である

中国と連携し世界秩序に
挑戦しようとしている
中国、ロシアと共に歩もうとする
上海協力機構がある
（注）SCO

旧ソ連の国々をはじめ
インド・イランなどの国から成る
中国、ロシアが主導し反NATOの
姿勢を鮮明《せんめい》にする

近年、熱心に共同軍事演習が
行なわれている

第二十三部　人間はユートピアを追い求める

第二十三部　人間はユートピアを追い求める

人間は他《ほか》の動物と違って
ユートピアを請《こ》い求める
成就するかどうか定《さだ》かでないような
実験でもやってみようとする

人間は失敗をくり返しながら発展し
文明を築いてきた
ソ連邦は人類史上初めて
社会主義建設に着手した

主《おも》な指導者を挙げると、
レーニン・スターリン・
ゴルバチョフなどである
いずれの指導者も愚《ぐ》直《ちょく》なまでに
ユートピアの実現をめざした

ソ連とアメリカが核兵器で
脅かし合う時代が続いた
生産は国有企業ばかりで競争がなく
生産量が重んじられた

製品の質に魅力がなく
消費者の好みに応《こた》えられなかった
国の計画と市場動向が乖離《かいり》し
経営不振に陥《おちい》った

しかし、ユートピアをめざす政策を
止《や》めるわけにはいかなかった
教育・医療の無償化、年金制度の
充実などが実行された

1970年代にはソ連の国力を超える
福祉国家が実現した
ソ連邦は1991年、74年間の歴史に
幕を閉じた

歴史としてのソ連邦の功罪は
語り継がれていくだろう

〈著者紹介〉

松下 正樹（まつした まさき）
1939年、鹿児島県種子島に生まれる。
1968年、東京教育大学大学院、
農学研究科修了（現・筑波大学）。
2004年3月まで東京都板橋区役所勤務。

歌集《かしゅう》　爪《つめ》を研《と》ぐ鷲《わし》

2023年6月26日　第1刷発行

著　者　松下正樹
発行人　久保田貴幸

発行元　株式会社 幻冬舎メディアコンサルティング
〒151-0051　東京都渋谷区千駄ヶ谷4-9-7
電話　03-5411-6440(編集)

発売元　株式会社 幻冬舎
〒151-0051　東京都渋谷区千駄ヶ谷4-9-7
電話　03-5411-6222(営業)

印刷・製本　中央精版印刷株式会社
装　丁　加藤綾羽
装　画　生地みのり

検印廃止

Printed in Japan
ISBN 978-4-344-94452-7　C0092
幻冬舎メディアコンサルティングHP
https://www.gentosha-mc.com/